Wenn die Wipfel Mützen tragen

Wenn die Wipfel Mützen tragen

Fröhliches zur Weihnachtszeit

HERDER

FREIBURG · BASEL · WIEN

Inhalt

Und wieder nun............................... 7

Advent 11

Der Esel des St. Nikolaus 17

Furchtbar schlimm............................ 26

Weihnachtsbäume 28

Rehkeule..................................... 36

Ein guter Braten 38

Der patentierte Tannenbaum 40

Vom Honigkuchenmann........................ 47

Der geheimnisvolle Gürtel 49

Elisenlebkuchen............................... 52

Christabend 54

Weihnachtspost 56

Dentistenglück 60

Was bringt der Weihnachtsmann?.............. 65

Pariser Weihnachten.......................... 68

Einsiedlers Heiliger Abend 73

Glühwein 76

Die Bescherung............................... 78

Grüße auf der Platte 80

Das Weihnachtsfest des alten
Schauspielers Nesselgrün..................... 86

Epiphanias 90

Textnachweis................................ 94

Und wieder nun

Und wieder nun lässt aus dem Dunkeln
Die Weihnacht ihre Sterne funkeln!
Die Engel im Himmel hört man sich küssen
Und die ganze Welt riecht nach Pfeffernüssen ...

So heimlich war es die letzten Wochen,
Die Häuser nach Mehl und Honig rochen,
Die Dächer lagen dick verschneit
Und fern, noch fern schien die schöne Zeit.
Man dachte an sie kaum dann und wann.
Mutter teigte die Kuchen an
Und Vater, dem mehr der Lehnstuhl taugte,
Saß daneben und las und rauchte.
Da plötzlich, eh man sich's versah,
Mit einem Mal war sie wieder da.

Mitten im Zimmer steht nun der Baum!

Man reibt sich die Augen und glaubt es kaum ...
Die Ketten schaukeln, die Lichter wehn,
Herrgott, was gibt's da nicht alles zu sehn!
Die kleinen Kügelchen und hier
Die niedlichen Krönchen aus Goldpapier!
Und an all den grünen, glitzernden Schnürchen
All die unzähligen, kleinen Figürchen:
Mohren, Schlittschuhläufer und Schwälbchen,
Elefanten und kleine Kälbchen,
Schornsteinfeger und trommelnde Hasen,
Dicke Kerle mit roten Nasen,
Reiche Hunde und arme Schlucker
Und alles, alles aus purem Zucker!

Ein alter Herr mit weißen Bäffchen
Hängt grade unter einem Äffchen.
Und hier gar schält sich aus seinem Ei
Ein kleiner, geflügelter Nackedei.
Und oben, oben erst in der Krone!!
Da hängt eine wirkliche, gelbe Kanone
Und ein Husarenleutnant mit silbernen Tressen –

Ich glaube wahrhaftig, man kann ihn essen!

In den offenen Mäulerchen ihre Finger,
Stehn um den Tisch die kleinen Dinger,
Und um die Wette mit den Kerzen
Puppern vor Freuden ihre Herzen.
Ihre großen, blauen Augen leuchten,
Indes die unsern sich leise feuchten.
Wir sind ja leider schon längst „erwachsen",
Uns dreht sich die Welt um *andre* Achsen

Und zwar zumeist um unser Büro.
Ach, nicht wie früher mehr macht uns froh
Aus Zinkblech eine Eisenbahn,
Ein kleines Schweinchen aus Marzipan.
Eine Blechtrompete gefiel uns einst sehr,
Der Reichstag interessiert uns heut mehr;
Auch sind wir verliebt in die Regeldetri
Und spielen natürlich auch Lotterie.
Uns quälen tausend Siebensachen.
Mit einem Wort, um es kurz zu machen,
Wir sind große, verständige, vernünftige Leute!

Nur eben heute nicht, heute, heute!

Über uns kommt es wie ein Traum,
Ist nicht die Welt heut ein einziger Baum,
An dem Millionen Kerzen schaukeln?
Alte Erinnerungen gaukeln
Aus fernen Zeiten an uns vorüber
Und jede klagt: Hinüber, hinüber!
Und ein altes Lied fällt uns wieder ein:
O selig, o selig, ein Kind noch zu sein!

Arno Holz

Advent

> Wie soll ich dich empfangen
> Und wie begegn' ich dir,
> O aller Welt Verlangen,
> O meiner Seele Zier ...

Wie gern habe ich dieses Lied im Advent gesungen, allabendlich um vier Uhr in der Schule mit vielen andern Kindern zusammen. Der Lehrer selbst sang mit, und unsere jungen Stimmen klangen so froh, als wollten sie einander umarmen.

Wie wundervoll ist es, in der Freude mit vielen einig zu sein und in Erwartung zu singen: Wie soll ich dich empfangen?

Das ist die Liebesfrage im Advent, die immer wieder in uns auftaucht, wenn das Weihnachtsfest nahe bevorsteht.

Es wurde früh dunkel, und doch war es irgendwo licht und hell. Durch das hohe Fenster sah man am Himmel den ersten Stern schimmern. Jeden Abend war er da, wenn wir sangen. Es war der Herold unter den Sternen, der Millionen kommende Sterne ankündigte. Dann wieder war es Gabriels und Mariens Stern. Oder es war derselbe Stern, den die fremden Könige einst gesehen. Die heiligen drei Könige, die einem Sterne nachgegangen waren, und mit ihnen war die Sehnsucht der fernen Völker gewandert, die noch nichts vom Jesuskinde wussten und sich doch schon nach ihm sehnten. Denn die Sehnsucht nach Erlösung lag in jedem Menschen. Das war uns gesagt worden, und jetzt wussten wir es für immer. So sehr von weitem waren sie gekommen, die drei Weisen aus dem Morgenlande, umgeben von fremdländischem Duft, beladen mit Gold, Weihrauch und Myrrhen, singend auf dem Wege: O aller Welt Verlangen ... Wie reich sie doch waren, diese Sternerfüllten, reich an Liebe und an Gold! Irgendwo aber mussten sie doch ihre Paläste verlassen haben, ihre stolzen, glänzenden Häuser ließen sie leer stehen, da sie nach Bethlehem gingen. Sie waren ja Könige, und doch schienen sie ihre Kronen vergessen zu haben um Jesu willen.

Jeder König sang dasselbe, was wir in der Schule sangen:

> Mein Herze soll dir grünen
> In stetem Lob und Preis,
> Will deinem Namen dienen,
> So gut es kann und weiß ...

Noch stand das Zeichen am Himmel, und nichts war leichter als Sterndeuten. Beim Nachhauseweg von der Schule ging immer der Stern mit mir. Er eilte mir voraus oder folgte mir. Der Stern behielt den Menschen im Auge. Und einmal hatte er über dem Stall zu Bethlehem gestanden, zwischen den Zweigen eines Palmbaumes geglänzt. Wir haben seinen Stern gesehen im Morgenlande und sind gekommen, ihn anzubeten.

Oh, ich erinnere mich, wie meine liebe Mutter von der Geburt Jesu erzählte. Was waren alle Märchen gegen dieses eine, das die Wahrheit aller Wahrheiten enthielt? Die Kunde war mir noch neu, und ich hatte noch nicht gar viel von Jesus gehört. Es war so tief erstaunlich und schön, dass das Jesuskind alles von mir wusste, immer gewusst hatte. Und dass es dann so klein war, dass man das Verlangen trug, es wie ein Brüderchen zu betrachten.

Nicht genug konnte man davon zu hören bekommen, und Mutter wusste so lieb Bescheid, als wäre sie dabei gewesen. Alles, aber auch alles ließ sie sich abfragen.

„Mutter, sag, warum ist das Jesuskind nicht daheim geboren worden im Hause seiner Eltern? Hätte der liebe Gott nicht machen können, dass Maria und Joseph nicht in Wohnungsnot kamen? Der liebe Gott hätte auch die Volkszählung leicht verlegen können, meine ich. Und dass die beiden mit ihrem Kinde fliehen mussten! Mutter, du hast vergessen zu sagen, ob wohl ein Ofen im Stall zu Bethlehem war? Wenn das Kind auch gut eingehüllt war in Windeln und Wolle, kann es doch nicht recht warm gehabt haben. Und Maria und Joseph. Ob es nicht kalt war in der Nacht?"

Bei uns im Wohnzimmer glühte und wärmte das Feuer. Die Ofentür stand geöffnet, und wir saßen um den Ofen und sahen in die schöne Glut. Die Lampe war noch nicht angezündet. Mutter liebte es, uns Kindern in der Dämmerung zu erzählen, und man sah und dachte nichts anderes als an die wundersame Geschichte von der Geburt Jesu. Wie lieb und warm war es bei uns! Wie leicht hätte hier ein Kind geboren werden können! Es hätte in meinem Kinderbett schlafen können, unter der hübschen blauen Decke. Wie schade, dass wir damals nicht in Bethlehem waren! Wie sehr ich dies bedauerte! Meine Eltern hätten bestimmt das Jesuskind aufgenommen mitsamt seiner holden Mutter und dem heiligen Joseph. Dies wäre schon gegangen, wenn man sich ein wenig eingeschränkt hätte. Wir hatten ja oben eine Dachkammer, und dann die kleine Abseite, und ich hätte mit Rebekka leicht im Holzraum schlafen können. Rebekka war dazu bereit, daran fehlte es nicht. Und in der Küche, auf unserem Herd mit drei Kochlöchern und einem Wasserschiff, war es eine Kleinigkeit, für zwei Familien zu kochen. Einige Teller und Schüsseln hätten wir vielleicht noch gebraucht, aber das war das wenigste. Das hätten die Nachbarn uns ja auch zur Not geliehen. Etwas Geld hätte Vater sich zum Voraus geben lassen können vom Werftdirektor, dem man ja leicht erklären konnte, warum man Geld brauchte und wer bei uns zu Gaste war. Onkel Erich, der gleich nebenan wohnte, war Zimmerer und hatte eine eigene große Werkstatt, und ob der heilige Joseph nicht bei Onkel Erich Arbeit annehmen würde? Mutter hielt dies nicht für ausgeschlossen. Onkel Erich hätte den heiligen Joseph so gut wie zum Meister machen können, und beide würden sich dabei nicht schlecht gestanden haben. Aber bei uns

hätten alle drei wohnen müssen. O wie wundervoll! Wie unausdenkbar schön! Ob die Heilige Familie wohl einverstanden gewesen wäre? Wenn sie gesagt hätten: „Ja, wir kommen ganz gern –!"
„Mutter, meinst du, dass sie ‚Ja' gesagt hätten?"
„Ich weiß es nicht, mein Kind. Es kann sein."
Es kann sein. Es hätte sein können! Ach, wir konnten ja auch nicht dafür, dass wir in eine so späte Zeit geraten waren. Schade, wirklich schade. Aber man konnte doch durch die Jahrhunderte zurücklaufen wie durch eine Allee, bis man nach Bethlehem kam, wo das göttliche Kind im Stall lag.
„Und warum lag es im fremden Stall?"
„Es geschah nach dem Willen Gottes. Und das Jesuskind wollte wohl dadurch zeigen, dass es nur ein Gast und ein Fremdling auf der Erde war. Es kam doch vom Himmel und war bei seinem Vater im Himmel daheim. Auch wir sind nur zu Gaste hier, und einmal müssen auch wir das Haus verlassen ..."
Und dann brach Mutter das Gespräch ab, um uns das schöne Adventslied zu singen: „Vom Himmel hoch, da komm' ich her ..."

Emmy Ball-Hennings

Der Esel des St. Nikolaus

Das weiß jedes Kind, dass St. Nikolaus einen Esel hat, um all die unzähligen Säcke mit Nüssen, Äpfeln, Lebkuchen und Ruten zu schleppen, die sein Herr braucht, wenn er am St.-Niklaus-Tag zu den Kindern geht, um nachzufragen, ob sie auch artig gewesen das Jahr hindurch. Er hatte natürlich nicht immer denselben Esel während der vielen, vielen Jahre, in denen er die Städte und Dörfer durchzog; aber es waren doch immer Esel aus derselben Familie, und fast immer sah einer aus wie der andere. Der Sohn folgte auf den Vater, und der Vater war nach dem Großvater unverdrossen mit dem guten St. Nikolaus durch den Schnee gestampft.

All diese Eselchen sahen schön silbergrau aus und hatten eine schwarze Mähne und eine kleine schwarze Quaste an ihren Schwänzen; alle waren fleißig und folgsam, wie es sich gehört, wenn man der Esel des St. Nikolaus sein will.

Als nun der Winter wieder einmal gekommen war, der Schnee in dicken Flocken zur Erde fiel und die Weihnachtszeit nahe war, da kam St. Nikolaus in den Stall, wo das Eselchen stand, klopfte ihm auf den glatten Rücken und sagte: „Nun, mein Graues, wollen wir uns wieder auf die Reise machen?" Der Esel stampfte lustig mit den Füßen und wieherte leise. So zogen sie dann zusammen aus, der Esel hochbepackt mit Säcken, St. Nikolaus in seinem dicken Schneemantel, mit hohen Stiefeln und großen Pelzhandschuhen. Wenn sie so durch das Feld zogen, knirschte der Schnee unter ihren Füßen, und ihr Atem flog in großen Wolken um sie herum; aber St. Nikolaus lachte doch mit seinen fröhlichen alten Augen in die Welt hinein, und das Eselchen schüttelte sich vor Vergnügen, sodass die silbernen Glöckchen weit über das Feld klangen.

Im nächsten Dorf kehrten sie ein; denn sie waren beide hungrig. St. Nikolaus stellte sein Eselchen in den Stall und setzte sich selbst in die warme Stube zu einem Teller Suppe. Im Stall standen schon ein paar Pferde; auch ein Esel war unter ihnen, und gerade neben diesen — es war ein großer Mülleresel — kam unser Eselchen zu stehen.

„Was bist denn du für ein Kauz?", frug der Große verächtlich.

„Ich bin der Esel des St. Nikolaus", antwortete stolz unser Grauer.

„So", höhnt der Mülleresel, „da bist du auch etwas Rechtes! Immer hinter dem Alten herlaufen; im Schnee stehen vor den Häusern; fast erfrieren und verhungern, ehe du wieder in deinen Stall kommst; keinen rechten Lohn; immer dasselbe Futter jahraus, jahrein; ich würde mir so etwas nicht gefallen lassen."

„Ja, hast du es denn besser?", frug ganz erstaunt das Eselchen; „du musst doch auch Säcke tragen, oder nicht?"

„Natürlich", prahlte der Esel, „aber nur, wenn ich will. Und zwischendurch laufe ich herum und gehe, wohin ich will. Habe ich Hunger, so komme ich heim und fresse, aber nicht nur dein lumpiges Heu, nein, Hafer, so viel es mir beliebt, und Brot und Zucker bringt man mir."

Das Eselchen glaubte ihm alles; denn beim St. Nikolaus hatte es natürlich nicht lügen gelernt. Solch ein Leben erschien ihm beneidenswert, denn Hafer, Brot und Zucker bekam es nur selten.

„Es war natürlich nicht immer so", fuhr der Mülleresel fort, „aber einmal lief ich einfach davon und kam acht Tage nicht wieder heim. Seither lassen sie mich machen, was ich will. Weißt du was, lauf deinem Alten auch einmal davon und lass ihn seine Säcke schleppen. Du sollst sehen, wie es nachher anders wird. Lauf, lauf, die Türe ist eben offen, und du bist nicht angebunden."

Das Eselchen, das wirklich ein rechtes Eselchen war, wurde ganz verwirrt im Kopf von all dem Neuen, und da der große Esel ihm Respekt einflößte und man auf das Böse viel leichter hört als auf das Gute, es auch große Lust hatte, einmal eine Reise auf eigene Faust zu machen, so besann es sich nicht lange und ging wirklich zur Türe hinaus. Dort schüttelte es sich, schlug übermütig aus, dass der Schnee davonstob, und galoppierte zum Hofe hinaus, über die Straße, durch den Kartoffelacker, und lief in den Wald. Dort sprang es hin und her, rannte mit den Hasen um die Wette, spielte mit den Hirschen und Rehlein und machte hohe Sprünge, um den Schnee abzuschütteln, der von den Tannen auf seinen Rücken fiel.

„Kroa, kroa, das ist ja dem St. Nikolaus sein Eselchen", riefen ein paar Raben, die über das Feld geflogen kamen und den St. Nikolaus oft gesehen hatten, wenn er mit seinem

Grauen über Land zog. „Wie kommst denn du hierher?"
„Ganz allein", sagte stolz das Eselchen, „und so bald gehe ich nicht wieder heim. Mir ist es verleidet, immer Säcke zu tragen, und ich will nun ein wenig meine Freiheit genießen."
„Und St. Nikolaus?", fragen die Rehe und Hirschen und Hasen, denn sie kannten ihn alle.
„O der", sagte das böse Eselchen, „muss sich nun halt einen andern suchen oder seine Säcke selber tragen."
Es sprang davon, immer weiter in den Wald hinein.
Da begegnete es einem Burschen mit einem Gewehr, der zwei Hasen geschossen hatte.
„Du kommst mir gerade recht!", lachte er und schwang sich auf das Eselchen. Er war oben, ehe es recht wusste, wie ihm geschah, und all sein Bocken und Ausschlagen half ihm nicht. Der Bursche trieb es mit seinen Schuhen und seinem Kolben, wohin er wollte, und mehr als zwei Stunden musste es ihn durch den Wald tragen, bis er vor dem nächsten Dorf abstieg.
Das Eselchen war müde geworden und auch hungrig. Es lief auf eine große Wiese, um etwas Essbares zu suchen. Der Schnee war aber sehr hoch und hart gefroren, und das Eselchen fand nicht das kleinste Kräutlein. Als es

weiterlief, sah es am Ende der Wiese, hart am Waldesrand, ein altes Mütterchen gehen, das auf seinem Rücken eine große Bürde Holz schleppte. Mühsam und langsam ging es vorwärts und atmete schwer. Das Eselchen, das im Grunde gar ein liebes Eselchen war und bei St. Nikolaus nur Gutes gelernt hatte, ging ganz nahe zu dem Mütterchen und blieb vor ihm stehen, senkte auch seinen Kopf und sah mit seinen klugen Augen die alte Frau aufmunternd an, dass diese das Tier wohl verstand. Sogleich lud sie ihm ihr Holz auf den Rücken, tätschelte ihm den Hals und machte „Hü!", und das Eselchen trottete sänftiglich hinter dem Mütterchen her, bis sie das kleine Haus erreicht hatten, weit draußen vor dem Dorf.

Kaum war das Holz abgeladen, so kamen die Enkelkinder der Alten, sprangen um den Esel herum und schrien: „Ach, lass mich reiten, lass mich reiten!"
Das Eselchen, das von St. Nikolaus gelernt hatte, die Kinder lieb zu haben, ließ sie reiten. Erst die Mädchen, dann die Buben, dann wieder die Mädchen und wieder die Buben; zuletzt saßen zwei auf, ritten gegen das Dorf, schrien „Hü!" und „Hott!" und schwangen ihre Mützen. Vor dem Dorf warf das Eselchen sie ab, und es gab ein

großes Gelächter und Geschrei. Darauf sprangen die Kinder heim; das Eselchen lief weiter und wusste nicht so recht, wohin es gehen sollte. Es war schon müde, und Hunger und Durst hatte es auch. Es kam an einem Brunnen vorbei und wollte trinken; aber da war alles gefroren, und nur tropfenweise rann das Wasser aus der Holzröhre. Das Eselchen leckte daran, aber es konnte damit seinen Durst nicht stillen. Auch zu fressen fand es nichts. Langsam lief es in den Wald zurück und dachte an seinen warmen Stall, an das viele Heu, das es immer bekam, und an den guten St. Nikolaus, der ihm jedes Mal dabei über den Rücken strich.

Traurig ging es vorwärts; hie und da fiel ein Tannenzapfen herunter, oder es krachte ein dürrer Ast, aber sonst war alles still. Die Dämmerung kam, und dem Eselchen wurde es unheimlich. Wenn es nur den Weg gewusst hätte! Wenn es doch nur wieder daheim wäre, dachte es betrübt und senkte den Kopf tief, tief herunter.

Nachdem der gute St. Nikolaus seine Suppe gegessen hatte, ging er in den Stall, um das Eselchen herauszuholen. Aber da war kein Eselchen mehr. Er suchte es überall und frug alle Leute, ob sie sein Eselchen nicht gesehen hätten; aber niemand hatte es gesehen. Da kam er auf

die Straße und sah im Kartoffelacker Spuren von kleinen Hufen. Er ging den Spuren nach und kam in den Wald. Da krächzten über ihm ein paar Raben: „Kroa, kroa, dein Eselchen ist im Wald." Sie flogen vor ihm her und zeigten ihm eine Weile den Weg. Als sie nicht mehr weiter wussten, kamen die Hirsche und Rehe und sagten: „St. Nikolaus, dein Eselchen ist zum Dorf gelaufen." St. Nikolaus lief bis zum Dorf und war schon recht müde. Da begegnete er einem Hasen, der über ein Krautfeld lief. Der machte ein Männchen, dass die Löffel kerzengerade in die Höhe standen, und sagte: „St. Nikolaus, dein Eselchen ist hinter dem Dorf im Wald; ich habe es eben gesehen. Es steht unter einer Tanne und lässt die Ohren hängen."
Und richtig, als St. Nikolaus den Hügel hinter dem Dorf hinanstieg, sah er das Eselchen ganz traurig stehen. Es war so müde, dass es nicht einmal den Kopf wandte, als es Schritte hörte.
„Graues", rief St. Nikolaus.
Potz tausend, was machte es da für einen Sprung, und wie lief es hin zu St. Nikolaus, den es, trotzdem es ganz dunkel war, gleich erkannte. Es wieherte vor Freude, schmiegte sich dicht an ihn und rieb seinen Kopf an dem weichen, wohlbekannten Pelzmantel.

„Aber, Graues", sagte St. Nikolaus, „was machst du für Sachen!" Da schämte sich das Eselchen ganz gewaltig.
St. Nikolaus nahm es am Zaum; die beiden guten Freunde trotteten durch den Schnee zur nächsten Herberge, und als das Eselchen auf sauberem Stroh im Stalle stand, das duftende Heu vor sich, St. Nikolaus ihm hinter den Ohren kraulte, da dachte es bei sich: „Diesmal bist du aber ein wirklicher Esel gewesen." Und das ist die Geschichte von St. Nikolausens Eselchen.

Lisa Wenger

Furchtbar schlimm

Vater, Vater, der Weihnachtsmann!
Eben hat er ganz laut geblasen,
viel lauter als der Postwagenmann.
Er ist gleich wieder weitergegangen,
und hat zwei furchtbar lange Nasen,
die waren ganz mit Eis behangen.
Und die eine war wie ein Schornstein,
die andre ganz klein wie'n Fliegenbein,
darauf ritten lauter, lauter Engelein,
die hielten eine großmächtige Leine,
und seine Stiefel waren wie deine.
Und an der Leine, da ging ein Herr,
ja wirklich, Vater, wie'n alter Bär,
und die Engelein machten hottehott;
ich glaube, das war der liebe Gott.
Denn er brummte furchtbar mit dem Mund,
ganz furchtbar schlimm, ja wirklich; und –

„Aber Detta, du schwindelst ja,
das sind ja wieder lauter Lügen!"

Na, was schad't denn das, Papa?
Das macht mir doch so viel Vergnügen.

„So? – Na ja."

Richard Dehmel

Weihnachtsbäume

Überall, wo Kinder sind, ist das Weihnachtsfest schön, ich finde natürlich, zu Haus bei uns war es am allerschönsten! Das Hauptverdienst daran trägt sicher der Vater, er hatte eine so liebenswürdig geheimnisvolle Art, unsere Erwartung zu steigern, uns ein bisschen zu foppen und zu necken.

In Berlin halten die Weihnachtsbäume zeitig ihren Einzug auf Straßen und Plätzen. Dann fangen wir Kinder an, Vater zu drängen, dass er auch einen Baum besorgt. Zuerst verschanzt sich Vater dahinter, dass das überhaupt nicht seine Sache sei, sondern die des Weihnachtsmanns. Natürlich kommt er damit bei uns nicht mehr durch, selbst Ede glaubt nicht mehr an diese Figur, seit beim letzten Fest Herrn Markuleits, unseres Portiers, Schuhe unter

Vaters umgedrehtem Gehpelz erkannt wurden. Nein, Vater soll machen und einen Baum kaufen. Auf dem Winterfeldtplatz gab es die schönsten.

Schließlich versprach Vater, sich umzusehen, in diesen Tagen habe er aber noch nicht recht Zeit dafür. Doch wir ließen nicht nach mit Drängen. Schließlich ging Vater, und wir alle erwarteten seine Rückkehr mit Spannung. Natürlich kam er leer zurück. Das hatten wir auch nicht anders erwartet, denn Vater kaufte nie etwas sofort. Er erkundigte sich erst überall, wo er es am billigsten bekäme. Aber Vater kam auch recht niedergedrückt heim: die Weihnachtsbäume waren in diesem Jahre unerschwinglich teuer! Er hatte uns doch recht verstanden, wir wollten wieder einen Baum vom Fußboden bis zur Decke –? Nun also, so etwas hatte er sich schon gedacht, aber solche Bäume gab es nicht unter neun Mark, und mehr als fünf wolle er keinesfalls anlegen ... Wenn wir uns freilich mit einem auf den Tisch gestellten Bäumlein begnügen wollten –?

Wir schrien Protest. Es gelang dem Vater immer wieder, unsere Leidenschaft und unsern Zweifel zu erregen, obwohl sich alljährlich das gleiche Spiel wiederholte. Wir wussten ja, dass Vater wirklich *sehr* sparsam war, es war ja möglich, dass Weihnachtsbäume in diesem Jahre besonders teuer waren!

Von nun an kam Vater fast alltäglich mit neuen Geschichten über Weihnachtsbäume heim. Und diese Geschichten klangen so echt, mit ihren drastischen Berolinismen, dass wir immer sicherer wurden, Vater war wirklich auf der Suche nach einem Tannenbaum, hatte aber noch keinen gefunden.

Er erzählte uns, wie er am Viktoria-Luise-Platz beinahe, beinahe einen herrlichen Baum gekauft hatte, als er im letzten Augenblick merkte, dass die meisten seiner Zweige nicht an ihm gewachsen, sondern in eingebohrte Löcher gesteckt waren. Vater berichtete von windschiefen Tannenbäumen und von solchen, die jetzt schon nadelten, und von krummen Bäumen. Am Bayrischen Platz hatte Vater einen Baum fast schon gekauft, er und der Händler waren nur noch um fünfundzwanzig Pfennige auseinander, da war ein Wagen vorgefahren, eine Damenstimme hatte gerufen: „Den Baum will ich!" und fast aus Vaters Händen wurde der Baum zum Wagen getragen.

Vater tat sehr geheimnisvoll wegen der Käuferin. Er ließ es für möglich erscheinen, dass es vielleicht eine Prinzessin vom kaiserlichen Hof gewesen sei, oder auch eine

Hofdame, und er stellte uns vor, dass nun vielleicht des Kronprinzen Kinder mit „unserer Tanne" Weihnachten feierten!

Das versetzte unserer Phantasie einen Schwung, aber es verhalf uns immer noch nicht zu einer Tanne. Und das Fest zog näher und näher. Unser Drängen wurde heftiger. Aber nun wurde Vater plötzlich gleichmütig: Er habe diese ewige Lauferei nach Tannenbäumen satt, sie würden auch noch immer teurer. Nein, nun werde er bis zum 24. Dezember warten, wenige Stunden vor dem Heiligen Abend gingen die Händler immer mit ihren Preisen herunter, um den Rest loszuwerden. Freilich riskiere man, dass dann alles fort sei, aber er, Vater, nehme lieber ein solches Risiko in den Kauf, als dass er Wucherpreise zahle.

Wenn Vater so redete, schielte ich immer nach den Fältchen um seine Augen. Sie waren im Allgemeinen sichere Anzeiger für Ernst oder Scherz. Aber Vater wusste selbst sehr gut, dass solche Anzeiger in seinem Gesicht saßen, beherrschte oder verbarg sie – kurz, er brachte uns alle in Unsicherheit. Wir suchten die ganze Wohnung ab, wir stiegen auf den Boden und in den Keller, wir fanden keine Tanne, wir verzweifelten.

(Einmal ist es mir bei einer solchen Nachsuche geschehen, dass ich auf Mutters Versteck stieß, in dem sie alle unsere Weihnachtsgeschenke verheimlichte. Ich konnte meiner Neugierde nicht widerstehen und sah sie alle an. Ich habe nie ein kläglicheres, freudloseres Weihnachtsfest als dies erlebt. Ich musste noch Freude und Überraschung heucheln, und dabei war mir zum Heulen zumute! Von da an habe ich in der Weihnachtszeit meine Augen hartnäckig von jedem Paket, es mochte das harmloseste sein, fortgewendet.)

Also war es ausgemacht und beschlossen, Vater würde den Baum erst wenige Stunden vor der Bescherung kaufen. Wir waren von Angst erfüllt. Mit Kummer sahen wir die Bestände an Weihnachtsbäumen dahinschwinden, wir flehten Vater an, aber Vater schien unerbittlich.

Dafür hatte er ein neues Spiel erfunden, er ließ uns unsere Geschenke raten. Jeder bekam ein Rätsel auf, wie dieses: „Es ist rund und aus Holz. Aber es ist auch eckig und aus Metall. Es ist neu und doch über tausend Jahre alt. Es ist leicht und doch schwer. Das bekommst du zu Weihnachten, Hans!"

Da konnte man lange raten! Mutter zwar schrie manchmal Weh und Ach. „Das ist zu leicht, Vater. Das muss er ja raten! Du nimmst ihm ja die Vorfreude!"

Aber Vater war seiner Sache sicher, und ich erinnere mich wirklich nicht eines einzigen Males, dass ich ein Geschenk erraten hätte.

Unter all diesen Vorbereitungen nahte das Fest. Am 24. Dezember stand Vater ungewohnt früh auf und zog sich mit Mutter ins Weihnachtszimmer, wie nun sein Arbeitszimmer hieß, zurück. Über Weihnachten ruhte alle Arbeit bei ihm. Da wollte er seine Familie ganz für sich haben. Für alle Fälle versuchten wir die Schlüssellöcher, trotzdem wir Vaters Vorsicht kannten: er verhängte sie immer zuerst. Geheimnisvoll verdeckte Gegenstände wurden durch die Wohnung getragen. Alle lächelten, sogar die meist brummige Minna.

Der Vormittag ging für uns Kinder noch so einigermaßen hin. Meist waren wir mit unsern Geschenken für Eltern und Geschwister noch nicht fertig. Mit Eifer wurde laubgesägt, kerbgeschnitzt, spruchgebrannt, gehäkelt und gestickt, und was es da alles sonst noch für Beschäftigungen gab, durch die man in damaligen Zeiten die Wohnungen immer mit Scheuel und Greuel anfüllte.

Zum Mittagessen gab es immer Rindfleisch mit Brühkartoffeln. Mutter vertrat den Standpunkt, dass wir uns noch früh genug den Magen verderben würden und vorher nicht einfach genug essen könnten. Nach dem Essen aber stieg unsere Spannung so sehr, dass wir eine Pest wurden, aus lauter Kribbligkeit und Erwartung brachen ständig Streitigkeiten zwischen uns aus. Schließlich jagte uns Vater auf die Straße mit dem Machtwort, nicht vor sechs Uhr nach Haus zu kommen, eher fange die Bescherung doch nicht an.

Meist trennten wir vier Geschwister uns sofort, wenn wir auf die Straße kamen. Die Schwestern gingen für sich, und ich machte mich mit Ede auf, um die schon hundertmal besichtigten Schaufenster der Spielwarenläden noch einmal anzusehen. Da stellten wir dann fest, was mittlerweile aus den Schaufenstern genommen war, und machten Pläne für das, was wir uns zum nächsten Weihnachtsfest wünschen wollten. Aber die Zeit wurde uns sehr lang, es schien überhaupt nicht dunkel werden zu wollen, und sonst kam die Dämmerung immer so schnell! Wir gingen und gingen, aber die Zeit verging nicht. Dann kamen wir auf das Spiel, auf den Granitplatten des Bürgersteigs so zu gehen, dass nie auf eine Ritze getreten

wurde. Auch durfte man auf jeden Stein nur einmal treten. Gelang es, so bis zur nächsten Straßenecke zu kommen, so wurde ein Lieblingswunsch erfüllt. Dies war also unser Orakel, und es war gar nicht so leicht! Denn manche Steine waren für unsere Kinderbeine sehr breit, auch verlangten entgegenkommende Erwachsene, dass wir ihnen den Weg frei machten, und neben den Granitplatten lag Kleinpflaster – dann ade Lieblingswunsch!
Schließlich war es doch dämmrig geworden. Wir warteten so lange, bis in irgendeinem Fenster der erste Baum brannte, dann stürzten wir nach Haus mit dem Geschrei: „Die Weihnachtsbäume brennen schon überall! Warum geht's denn bei uns noch nicht los?!"

Hans Fallada

Rehkeule

ZUTATEN:

1 kg Rehkeule (ohne Knochen)
1 Zwiebel
2 Karotten
2 EL Tomatenmark
1 TL Wacholderbeeren
1 TL Pfefferkörner
1 TL Pimentkörner
2 EL Butterschmalz
2 EL Tomatenmark
150 ml Rotwein
6 cl Portwein
400 ml Wildfond
100 g Crème fraîche
100 g Backpflaumen
Salz, Pfeffer, Speisestärke

ZUBEREITUNG:

1. Rehkeule waschen, trockentupfen, salzen und pfeffern. Wacholderbeeren mit Pfeffer- und Pimentkörnern im Mörser fein zerreiben, Rehkeule damit einreiben.

2. Keule in einem Bräter in heißem Butterschmalz rundherum anbraten. Geschälte Zwiebeln und Karotten fein würfeln, zum Fleisch geben und kurz mitbraten. Tomatenmark einrühren, kurz anrösten. Backpflaumen fein würfeln und dazugeben. Mit Rotwein ablöschen und mit Wildfond auffüllen. Zudecken und im vorgeheizten Backofen bei 200 (Umluft 180) Grad ca. 1,5 Stunden schmoren.

3. Rehkeule aus dem Bratenfond nehmen und warm stellen. Fond durch ein Sieb streichen, Portwein unterrühren, Sauce nochmals aufkochen lassen und mit angerührter Speisestärke leicht binden. Salzen, pfeffern und Crème fraîche unterrühren.

4. Rehkeule in Scheiben schneiden und mit der Sauce auf vorgewärmten Tellern servieren. Dazu gibt es Buttergemüse oder Rotkohl, Spätzle oder Klöße und mit Preiselbeerkompott gefüllte Birnenhälften.

Ein guter Braten

Es wird mit Recht ein guter Braten
Gerechnet zu den guten Taten;
Und dass man ihn gehörig mache,
Ist weibliche Charaktersache.
Ein braves Mädchen braucht dazu
Mal erstens reine Seelenruh,
Dass bei Verwendung der Gewürze
Sie sich nicht hastig überstürze.
Dann zweitens braucht sie Sinnigkeit,
Ja, sozusagen Innigkeit,
Damit sie alles appetitlich,
Bald so, bald so und recht gemütlich
Begießen, drehn und wenden könne,
Dass an der Sache nichts verbrenne.
In Summa braucht sie Herzensgüte,
Ein sanftes Sorgen im Gemüte,
Fast etwas Liebe insofern,

Für all die hübschen, edlen Herrn,
Die diesen Braten essen sollen
Und immer gern was Gutes wollen.
Ich weiß, dass hier ein jeder spricht:
Ein böses Mädchen kann es nicht.
Drum hab ich mir auch stets gedacht
Zu Haus und anderwärts:
Wer einen guten Braten macht,
Hat auch ein gutes Herz.

Wilhelm Busch

Der patentierte Tannenbaum

Er war von Amerika gekommen, sorgsam in einer Kiste verpackt. Die einzelnen Teile waren nummeriert, damit man sie zusammenstellen konnte, wie es sich gehört, und wenn alles ineinandergeschoben war, dann stand der patentierte Tannenbaum fix und fertig da. Der Stamm sah beinah ebenso aus wie ein wirklicher Tannenstamm, nur war er glänzender als dieser, weil er einen wundervollen patentierten Lacküberzug trug, seine Zweige saßen in viel regelmäßigerer Anordnung daran, als sie ein armer Waldbaum aufzuweisen vermag, und krümmten sich so elegant und so gleichmäßig, als hätten sie alle ein und denselben Anstandsunterricht genossen. Und wie herrlich grün waren die Zweige! Statt der Nadeln bekleidete sie feine weiche Chenille, die der Färber mit seinem besten Grün gefärbt hatte. So grün war kein Baum auf der ganzen Welt. An jedem der Drahtzweige saß ein Kerzenhalter, und kleine Häkchen waren daran zum Befestigen des Konfektes und der silbernen Äpfel und goldenen Nüsse. Auch die Nüsse und Äpfel waren nach einem patentierten Verfahren aus Metall angefertigt. Sie ließen sich freilich nicht essen, aber dafür konnten sie stets wieder gebraucht werden, wenn Weihnachten kam. Und nun erst der Untersatz, auf dem der Baum stand! Der war aus Gusseisen, fein vernickelt, und hatte eine Inschrift, die jedem, der lesen konnte, verkündete, dass der Baum patentiert sei. Der Untersatz barg außerdem noch ein Geheimnis, das erst am Heiligen Abend offenbart werden sollte, und auch dieses war patentiert. Es gab keinen patentierteren Tannenbaum als das Kunstwerk aus Amerika.

Nun kam der Weihnachtsabend, und während die Kinder sehnsüchtig des Augenblicks harrten, in dem die Türen zum Bescherungszimmer geöffnet wurden, bauten die Eltern da drinnen auf. Die Liebe hatte die einzelnen Gaben gewählt, und wiederum war es die Liebe, welche half, die Geschenke auszubreiten, dass sie sich dem Empfänger anmutig darböten und er zuerst fände, worauf sein Wunsch am lebhaftesten gerichtet war. Manches wurde versteckt hingelegt, damit es erst später entdeckt werde und eine neue Überraschung bereite, nachdem die erste Freude sich ein wenig gelegt. Und zwischen all den Gaben stand der patentierte Tannenbaum.

Die Eltern ließen noch einmal prüfend die Blicke in stiller Vorfreude über die Herrlichkeiten gleiten, welche Kinderherzen froher schlagen machen sollten als sonst an einem Tage im Jahre.

„Ich vermisse nichts", sagte die Mutter, „aber doch ist mir, als fehle etwas. Nur kann ich nicht finden, was es sein möchte."

„Es fehlt der Weihnachtsglanz", erwiderte der Vater. „Lass uns die Kerzen anzünden, ihr Licht gibt erst dem Ganzen die Vollendung." Als die Lichter an dem Patentbaum brannten, wurden die Türen weit geöffnet, und wie von dem hellen Schimmer geblendet, standen die Kinder an der Schwelle. Dann aber, als sie zu den Gaben geleitet wurden, jedes an seinen Platz, jubelten sie auf. Nun war sie da, die Wonne seligen Gebens und beglückenden Empfangens.

„Habt ihr euch den Tannenbaum schon genau angesehen?", fragte der Vater nach etlicher Weile. „Ist das ein wirklicher Tannenbaum?", entgegnete einer der Knaben. „Nein, aber er ist viel schöner. Und nun gebt acht, wie wunderbar er ist." Bei diesen Worten drückte der Vater auf einen kleinen Knopf, der an dem nickelplattierten Fuß des Kunstbaumes angebracht war, und der Baum fing an, sich langsam zu drehen. Dazu spielte eine Musikdose einen lustigen Tanz. Das war das Geheimnis des patentierten Tannenbaumes. Einen Weihnachtsbaum, der sich dreht und obendrein selbst Musik dazu macht, hatten die Kinder noch nie gesehen. „Gefällt er euch?", fragte der Vater und zog das Uhrwerk von Neuem auf. Die Kinder schwiegen. „Hat dieser Baum sich im Walde auch die Geschichten mit dem Hasen erzählt, wie es in einem Märchenbuche steht?", begann einer der Knaben. Der Vater lächelte. „Nein", antwortete er, „dieser Baum ist kein Märchenbaum, den hat ein kluger Mann in Amerika gemacht."

„Er riecht nicht nach Weihnachten", sagte die Schwester. „Nun weiß ich, was ich vermisste", flüsterte die Frau ihrem Gatten zu. „Der Baum atmet nicht den würzigen Hauch aus wie die Tanne unserer Wälder. Ihm fehlt der Duft."

Ob der patentierte Baum merkte, dass man tadelnd über ihn sprach, das ist schwer zu sagen, aber gerade in diesem

Augenblick knackte es in seinem Uhrwerke, und während er ein neues, viel lustigeres Stück zu spielen begann, drehte er sich noch rascher als vorher. Man hätte glauben können, er wollte zeigen, was er konnte. Aber das schien nur so, denn das neue Stück und die raschere Bewegung waren auch patentiert.

Mittlerweile hatte die Mutter sich entfernt, und als sie nach einiger Zeit zurückkehrte, brachte sie ein kleines Tannenbäumchen mit, das letzte, welches der Mann draußen auf der Straße den Vorübergehenden zum Kauf anbot, das aber niemand haben wollte, weil es zu elend und erbärmlich war. Dann nahm sie Konfekt von dem patentierten Baum und schmückte den neu angekommenen damit, auch Netze und Goldpapier hängte sie daran und befestigte Wachslichter an seinen Zweigen. Ein Tischchen, mit einem weißen Tuch bedeckt, wurde für ihn hingestellt, und als er darauf stand und seine Kerzen brannten, scharten sich die Kinder um ihn. „Dies ist Weihnachten", sagten sie. Als nun eins der Lichter sich neigte und die grünen Nadeln des Nachbarzweigs sengte, dass sie zischten, musste es ausgeblasen werden. Ein leichter Rauchstreifen erhob sich von dem glimmenden Docht. „Jetzt ist es ebenso Weihnachten wie sonst", hieß es.

Der patentierte Tannenbaum stand still, da er nicht wieder aufgezogen war, aber der kleine Waldtannenbaum durchduftete das ganze Zimmer mit seinem frischen harzigen Geruch. Die schiefe Wachskerze hatte ihm dabei zu helfen versucht, so gut es in ihren Kräften stand.

Wenn Besuch während der Festtage kam, wurde der patentierte Baum gezeigt und musste seine Kunststücke machen. Man fand ihn allgemein ganz außerordentlich, aber weil der Weihnachtsabend vorüber war, merkte man nicht, dass ihm das Beste fehlte - die Kraft, Erinnerungen zu wecken, die Erinnerung an frühere Weihnachtsabende und an den grünen Wald, der nur unter dem Schneedach schlummert und der Auferstehung im Frühling wartet.

Später wurde der patentierte Tannenbaum wieder auseinandergenommen, in seine Kiste gepackt und auf den Boden gestellt, jedes nummerierte Stück des Stammes, jeder nummerierte Zweig sorgsam in Seidenpapier eingewickelt. Ich bezweifle aber, dass er in diesem Jahre heruntergeholt und wieder zusammengesetzt wird, denn ich habe erfahren, es sei ein großer, schöner Tannenbaum bestellt, der fast bis an die Decke reicht, und auch Nüsse mit wirklichen Kernen und Äpfel, die man essen kann, werden am Abend, wenn die Kinder schlafen gegangen, emsig vergoldet und versilbert.

Das sind schlechte Aussichten für den patentierten Tannenbaum.

Julius Stinde

Vom Honigkuchenmann

Keine Puppe will ich haben –
Puppen gehn mich gar nichts an.
Was erfreun mich kann und laben,
Ist ein Honigkuchenmann,
So ein Mann mit Leib und Kleid,
Durch und durch von Süßigkeit.

Stattlicher als eine Puppe
Sieht ein Honigkerl sich an,
Eine ganze Puppengruppe
Mich nicht so erfreuen kann.
Aber seh ich recht dich an,
Dauerst du mich, lieber Mann.

Denn du bist zum Tod erkoren –
Bin ich dir auch noch so gut,
Ob du hast ein Bein verloren,
Ob das andre weh dir tut:
Armer Honigkuchenmann,
Hilft dir nichts, du musst doch dran!

August Heinrich Hoffmann von Fallersleben

Der geheimnisvolle Gürtel

Wahrscheinlich bin ich der Mann, der in diesem Jahr das billigste Weihnachtsgeschenk gekauft hat. Das billigste Weihnachtsgeschenk war ein Damengürtel, der nur zwei Mark gekostet hat.

Das heißt: ich weiß gar nicht, ob es wirklich ein Damengürtel ist. Auch habe ich ihn schließlich niemandem zu Weihnachten geschenkt. Das einzig Sichere ist, dass ich zwei Mark dafür bezahlt habe.

Ich fand diesen Gürtel im Warenhaus in der Kurzwarenabteilung, also dort, wo Hosenträger und Strumpfbänder verkauft werden. Da lag auf dem Tisch eine Menge von Gegenständen, die aussahen wie Gürtel. Jeder einen Meter lang und handbreit, aus schwarzer und weißer Gaze, mit einem feinen Geglitzer bestreut, das mir für die festliche Weihnachtsstimmung ganz vorzüglich zu passen schien.

Über dem Tisch war eine Tafel mit der Preisbezeichnung 2.00 angebracht. Zwei Mark musste natürlich Unsinn sein, der Punkt war zu viel, und es sollte zweihundert heißen. Aber als ich das Fräulein auf diesen Irrtum aufmerksam machte, sagte sie, es sei schon ganz richtig, die Sachen kosten zwei Mark.

Daraufhin habe ich mir einen dieser Gürtel gekauft. Erstens, weil das Gefühl, etwas für zwei Mark zu kaufen, zu meinem Gemütsleben sprach. Zweitens, weil vor meinen Augen das Bild einer üppigen Brünette auftauchte, die ich kenne und der dieser Gürtel vielleicht Freude machen könnte, vorausgesetzt, dass sie nie erfährt, was er gekostet hat.

An der Kasse dauerte es fünf Minuten, bis man mir auf einen Zehntausendmarkschein 9998 Mark herausgegeben hatte.

Aber nun ergab sich eine Schwierigkeit insofern, als niemand sagen konnte, was das nun eigentlich für ein Gegenstand sei. Ein Bekannter meinte, die Damen täten sich so etwas unten an den Mantel, damit er besser sitze.

Andere glaubten, es sei eine Krageneinlage; oder etwas, was die Damen unter dem Pelz befestigen.

Die weibliche Garderobe ist ja so reich an verborgenen Geheimnissen.

Deshalb habe ich auch lieber darauf verzichtet, der üppigen Brünette meinen Gürtel zu schenken. Vielleicht ist es ein Büstenhalter, und sie fasst das dann als einen Annäherungsversuch auf.

Ich werde mir den Gürtel aufheben zur Erinnerung daran, dass es auch in dieser Weihnachtszeit möglich war, ein billiges und praktisches Geschenk zu kaufen.

Victor Auburtin

Elisenlebkuchen

ZUTATEN:

1000 g Haselnüsse
100 g Orangeat
100 g Zitronat
800 g Zucker
30 g Lebkuchengewürz
1 EL Zimt
10 Eier
1 Messerspitze Hirschhornsalz
1 TL geriebene Zitronenschale
60 Oblaten (Durchmesser 70 mm)
200 g Kuvertüre

ZUBEREITUNG:

1. Die Haselnüsse mahlen, Orangeat und Zitronat fein hacken und alle Zutaten zu einem Teig verrühren.

2. Backofen auf 200 Grad vorheizen.

3. Den Teig auf die Oblaten streichen. Die Lebkuchen bei 150 Grad etwa 30 bis 45 Minuten backen lassen.

4. Die Kuvertüre hacken und in einem Topf im Wasserbad schmelzen lassen. Nach dem Erkalten die Lebkuchen auf eine Gabel aufspießen und kopfüber kurz in die Kuvertüre tunken.

5. In einer Blechdose aufbewahren.

Christabend

Wie die hellen Lichter scheinen!
Und die Kinder sind gekommen,
All die großen, all die kleinen,
Haben ihr Geschenk genommen.

Spielwerk bringt es uns zum Spielen,
Das geliebte Wunderkind.
Spielen mögen wir und fühlen,
Dass wir wieder Kinder sind.

Süße Früchte, fremde Blüten
Trägt es in der zarten Hand,
Wie sie Engel ziehn und hüten
In dem sel'gen Himmelsland.

Und so hat es tausend Gaben
Allen Menschen mitgebracht,
Alle Herzen zu erlaben
In der hochgelobten Nacht.

Auch Versöhnung, ew'ges Leben,
Trost und Freiheit, Gnadenfüll',
Gottes Wort, umsonst gegeben
Jedem, welcher hören will.

Nimmer kann ich euch vergessen,
All ihr schönen Christgeschenke!
Abgrund, reich und unermessen,
Drein ich liebend mich versenke.

Max von Schenkendorf

Weihnachtspost

Bremen, den 23. Dezember 1900

Die Familie ist wieder um mich versammelt und es ist Vorweihnachtsstimmung. Jetzt wird gerade beraten, was sie mir schenken wollen. Ich sage aber, ich habe schon alles von meinem Mann. Und dann wollen sie mir wieder meinen Brief diktieren, sind überhaupt ein wenig toll. Kurt freut sich aufs Fest wie ein Junge und wir singen Weihnachtslieder die Fülle.

Und Du, Lieber? Bist Du gut und brav zu Hause? Geh nur oft in Deinen Dom zum heiligen Christofferus und lass dessen goldene Blätter über Dir rieseln. Und dann denkst Du dabei an mich und ich an Dich.

Mir geht es bis jetzt noch gut und ich kann die Stadt noch ertragen. Heute Morgen wurde ich von Herma geweckt, zog mir Papas dicken Pelz über das Hemdlein und wir stiegen zusammen aufs flache Dach, fütterten die

Tauben und hörten die großen Domglocken. Die möchte ich wohl auch einmal läuten ... Heute Nachmittag ging ich in der Dämmerstunde durch die Stadt, da stand der alte Knabe, der Dom, so ehrwürdig auf der blauen Luft mit seinen beiden großen Türmen. Und unten schlug es noch einmal hell an, beim Gold der Eingangstüren und rotgold schimmerte dann das Licht der Bogen. Ich beobachte überhaupt, und sehr viel. So hat mir heute die faltige Backe meines Vaters große Freude gemacht. So ein Menschenantlitz einmal richtig malen zu können, das gehört für mich doch zum Schönsten. Wenn man's nur erst könnte!

Es ist Nacht. Und alles schläft außer den Eltern. Mir fallen auch die Augen zu. Ich musste Dich nur noch einmal schnell besuchen. Mein Pelzzeug führe ich froh in der Stadt spazieren. Und Du, Lieber? Denke nicht traurig an mich und nicht sehnsüchtig, sondern froh, dass wir einander angehören. Ich habe das Gefühl, dass diese Trennung unsere Liebe nur vergeistigen und vertiefen wird.

Bremen, den 24. Dezember 1900

Du, es ist noch Weihnachtsabend oder schon Weihnachtsmorgen. Es riecht nach Tannen und Kerzenbrand und vor mir stehen leere grüne Römer. Auf meinem Weihnachtstisch ist mein fünfarmiger Leuchter fast niedergebrannt. Sein flackerndes Licht fleugt noch über tausend liebliche Dinge. Viele drollige Sachen für unser Heim, einen wunderbaren alten Spiegel. Daneben kreucht mein Nerztier, das ich mir, Liebe, um den Hals kriechen lasse. Dann liegt auf meinem Tische ein Wolkenträumlein von einem Brautunterrock ... Du? Ob wir wohl selbander gehen eines schönen Tages über den Berg nach dem Kirchlein?
Ich war heute sehr bei Dir, Lieber. Am Nachmittag drückte mir mein Vater schweigend Deinen Brief in die Hand. Dann ging ich unter Glockengeläute durch die dämmernde Stadt. Ist es nicht komisch? Ich hatte gerade am Morgen an M. erzählt, was Du mir nachmittags schriebst. Es steckt in solcher Stadt so viel Originalität in Form und Farbe, man hat es noch nicht im Geringsten erschöpft. Mir kommt es vor, als ob man es noch nicht angefangen hat.
Dass ich Dich noch vor meiner Berliner Reise wiedersehen soll, ist mir eine große, tiefe, innige Freude. Und dass

Du dann noch einmal gemütlich unter den Meinen sein wirst. Du Lieber, sie haben Dich alle so lieb.

Ein Augenblickchen blickte Vogeler heute herein, hier in unsern Weihnachtsnachmittag. Er war gerade im Begriff, seiner Martha und sich Trauringe zu besorgen ... Weißt Du wohl, wir beiden, wir haben es so sehr gut. Ich habe die ganze Zeit solch ein großes stilles Dankesgefühl in meinem Herzen. Meine ganze Familie lässt Dich grüßen. Ich bin bei Dir mit meiner ganzen Liebe und umgebe Dich damit. Fühlst Du es wohl?

Wenn Du schon am zweiten Januar kommen würdest, so wäre es mir sehr lieb, denn ich möchte gern früh weg nach Berlin, um früh wiederzukommen. Wenn es Dir aber nicht passt, so warte ich natürlich bis zum dritten.

Ob wir das nächste Weihnachten schon bei uns feiern? Lieber, ich mag an dieses Glück noch gar nicht denken. Und Du? ... Sei innig geküsst von mir.

Paula Modersohn-Becker

Dentistenglück

„Plätzchen?", fragt Tante Evelyn und setzt ihr freundlichstes Alte-Tante-Lächeln auf. Hinter ihr sieht Peter noch, wie Köpfe herum- und Augen aufgerissen werden. Doch er bekommt vom hektischen Wedeln und erschrockenen Kopfschütteln der anderen Verwandten nichts mehr mit, denn schließlich widmet er sich bereits der einladenden Auswahl, der es an Vielfalt und Menge wahrhaft nicht mangelt. Die mit Zuckerguss überfluteten und in Schokolade ertränkten Backpreziosen bedecken jeden Quadratmillimeter des Anrichtetellers – zum Glück, denn Peter kann sich nur allzu gut an das schauderhafte Porzellanmuster voller Hasen und Rebhühner erinnern.

„Mmm, das sieht aber lecker aus!", sagt er nicht nur aus Höflichkeit, sondern aus ehrlicher Begeisterung für Evelyns Weihnachtsbäckereikünste. Sie lächelt ihn freudestrahlend an und nachdem er sich ein besonders schönes

Exemplar vom Stapel gefischt hat, macht Tante Evelyn gerade rechtzeitig genug den Blick auf das Sofa gegenüber frei, sodass Peter in seiner Bewegung innehält. Das Plätzchen schwebt quasi vor seinem Mund, aber zum Zubeißen ist er noch nicht gekommen, weil die Szene zu komisch ist: Insgesamt drei Mitglieder seiner Verwandtschaft sitzen auf dem Sofa. Björn hat die Hand schützend vor die Augen gelegt und den Mund zu einer Grimasse verzogen – ganz so, als wüsste er, dass ein großes Unglück bevorsteht, das er ja doch nicht aufhalten kann. Links und rechts von ihm sitzen zwei entfernte Cousinen, an deren Namen sich Peter nicht mehr erinnern kann. Aber auch sie scheinen vorauszuahnen, was Björn so entsetzt – nur die Reaktionen sind andere: Eine von den beiden starrt ungeniert Peter an, als wäre er der Letzte seiner Art, und die andere hält mit genauso wenig Taktgefühl ihr Handy auslösebereit in seine Richtung. Peter klappt den Mund zu und legt das Plätzchen auf eine Serviette.

Daraufhin setzt Cousine Nummer 1 wieder ihren typischen gelangweilten Gesichtsausdruck auf und Cousine Nummer 2 packt ihr Handy enttäuscht in ihre Designerkopie-Handtasche. Auch Björn entspannt sich und will gerade in ein Gespräch am anderen Ende des Tisches ein-

steigen, als Peter wissen möchte, was da eben vor sich ging. „Das weißt du nicht?", fragt Björn ehrlich erstaunt. „Tante Evelyn kann seit acht Jahren keine Plätzchen mehr backen. Sie behauptet, die wären immer nur mit ihrem alten Gasherd gelungen und der neumodische Elektrokram tauge nichts für anständige Weihnachtsplätzchen. Wir wissen es aber besser: Sie hat's halt einfach nicht mehr drauf, die Gute. Aufgeschrieben hat sie sich die Rezepte nicht und mittlerweile hat sie alle vergessen. Also serviert sie jedes Jahr zu Weihnachten die selben, acht Jahre alten Plätzchen. Wir nennen sie mittlerweile ‚Dentistenglück'. Und wenn du mal eines gegessen hast, weißt du warum!"
„Und nun?", fragt Peter. „Nun hast du ein Plätzchen, das du lieber nicht essen solltest", erwidert Björn. „Aber was mache ich damit?" Stummes Schulterzucken. Peter schielt in Richtung der Topfpflanzen an der Wand. „Echt jetzt?", fragt Björn und zieht eine Augenbraue hoch. „Du riskierst, dass die alte Dame beim Blumengießen dein Plätzchen entdeckt und es ihr das Herz bricht? Oder schlimmer noch, dass dein Dentistenglück im Topf Wurzeln schlägt, ein Bäumchen daraus wird und wir jedes Weihnachten die Ernte verputzen müssen?" Peter sieht sich fragend um und streckt sich, um an seine Hosen-

tasche zu kommen, wo er das Plätzchen versenken will. „Na, na!", kommentiert Björn seine Gymnastik und deutet in Richtung Küche, wo Tante Evelyn misstrauisch guckt. Peter hebt das Plätzchen in Richtung der Tante, nickt lächelnd und sagt „Mmmmmm!". Den Rest des Abends überlegt sich Peter, wo er das Plätzchen deponieren kann. Als er dann sein Getränk abstellt und bemerkt, dass der Tisch wackelt, kommt ihm eine Idee.

Später am Abend knuddelt Tante Evelyn herzlich, aber meist ohne richtige Erwiderung, die gesamte Verwandtschaft. Auch Peter lässt Küsschen-links-Küsschen-rechts über sich ergehen, doch als er gehen will, hält ihn Evelyn fest und flüstert ihm ins Ohr: „Brauchst nicht denken, mein Junge, dass ich nicht bemerkt hätte, warum der Tisch nicht mehr wackelt. Ich habe genau gesehen, dass du eines meiner Plätzchen unter ein Bein gelegt hast. Ja ja, ich bin nicht so verkalkt, wie so mancher glaubt, und meine Plätzchenrezepte habe ich auch alle in meinem Oberstübchen. Ich weiß sogar, wie ihr sie hinter meinem Rücken nennt! Aber es macht mir zu viel Freude, euch mit dem alten und harten Dentistenglück an Weihnachten zu quälen. Als Strafe dafür, dass ihr einer alten

Frau nicht den Herd besorgt habt, den sie sich so sehr gewünscht hat!"

Während des Weihnachtsfests bei Tante Evelyn im nächsten Jahr greift Peter wieder voller Vorfreude zu und diesmal beißt er sogar in das Plätzchen, während die gesamte Verwandtschaft erschrocken die Luft anhält. Er grinst, kaut genüsslich und genießt das vielleicht leckerste Plätzchen, das er je gekostet hat. Auch Tante Evelyn freut sich – hat sie doch im Herbst einen schönen, altmodischen Küchenherd von Peter bekommen.

Michael Fenske

Was bringt der Weihnachtsmann?

Was bringt der Weihnachtsmann dem Fränzchen?
Weihnachtsmann!
Eine Puppe mit dem Kränzchen
Bringt der Weihnachtsmann dem Fränzchen.
Weihnachtsmann!

Was bringt der Weihnachtsmann Mathildchen?
Weihnachtsmann!
Ausgeschnittne bunte Bildchen
Bringt der Weihnachtsmann Mathildchen.
Weihnachtsmann!

Was bringt der Weihnachtsmann Johannen?
Weihnachtsmann!
Teller, Schüsseln, Näpf' und Kannen
Bringt der Weihnachtsmann Johannen.
Weihnachtsmann!

Was bringt der Weihnachtsmann Kathrinchen?
Weihnachtsmann!
Seidenhasen und Kaninchen
Bringt der Weihnachtsmann Kathrinchen.
Weihnachtsmann!

Was bringt der Weihnachtsmann Emilien?
Weihnachtsmann!
Einen Strauß von Rosen und Lilien
Bringt der Weihnachtsmann Emilien.
Weihnachtsmann!

Was bringt der Weihnachtsmann Marien?
Weihnachtsmann!
Arien und Melodien
Bringt der Weihnachtsmann Marien.
Weihnachtsmann!

Was bringt der Weihnachtsmann Agathen?
Weihnachtsmann!
Eine Schachtel voll Dukaten
Bringt der Weihnachtsmann Agathen.
Weihnachtsmann!

Was bringst du Weihnachtsmann denn *mir* doch?
Weihnachtsmann!
„Überlasse du das *mir* doch!
Was du wünschest, bringt auch *dir* noch
Weihnachtsmann!"

August Heinrich Hoffmann von Fallersleben

Pariser Weihnachten

Der „Père Noël" wird merkwürdigerweise immer populärer – so ist das früher nicht gewesen. Denn früher war es der Neujahrstag, der „Jour de l'An", an dem man sich Geschenke machte. Wohl fanden am ersten Weihnachtstag die französischen Kinder Geschenke in ihren Schuhen, die sie am Kamin aufgebaut hatten – aber der Tannenbaum war natürlich nicht da, die Weihnachtskerzen auch nicht, und überhaupt nichts von dem, was seinerzeit auf deutscher Seite den großen Krieg mit beenden half: Weihnachten zu Hause zu feiern. (Doktorarbeit: „Das deutsche Familiengefühl in der Weltgeschichte.") Das also hat es alles in Frankreich früher nicht gegeben – aber jetzt ist da langsam eine Wandlung eingetreten. Die großen Warenhäuser veranstalten Weihnachtsausstellungen, deren Schaufenster schon auf den Straßen umlagert sind; Barrieren sind errichtet, Schutzleute regeln den Verkehr, und die Kinder bekommen Blitzaugen, in denen sich Geblendetheit, Habsucht und Zauberstimmung gar anmutig mischen. Es ist wohl der englischamerikanische Einfluss, der Paris so wandelt; langsam geht diese Wandlung vor sich, sachte, Schritt vor Schritt, unerbittlich. Es gibt französische Nachahmungen des englischen Christmas Pudding, vor denen uns Gott behüten möge, und die Sitte, Weihnachten anders zu begehen als früher, nimmt zu. Da stehen schon Tannenbäume auf den Straßen, hauptsächlich im Fremdenviertel, also um die Madeleine herum – das Warenhaus am Louvre hat sich eine sehr gute Lichtreklame ausgedacht: an seiner Fassade am Palais Royal, in dem das „Institut pour la Coopération Intellectuelle" wohnt, steigen ununterbrochen Raketen auf und zerplatzen in bunter Lichterfülle – eine Sache, die sehr viel Geld gekostet haben muss. Aber es kommt wieder herein. Die Warenhäuser sind voll; die mäßig bezahlten Angestellten haben zu tun, dass ihnen der Kopf schwirrt, und obgleich die Inflations-Fremden abgewandert sind, gehen diese Art Geschäfte – im Gegensatz zu fast allen anderen, die recht still sind – gut, sogar sehr gut.

Die Restaurants rüsten zum „Réveillon". Das ist das traditionelle Festessen in der Silvesternacht. Zu Silvester liegen die Boulevards fast leer; alle Welt ist zu Hause oder in den Restaurants, wo das Essen besonders teuer und besonders mäßig ist. Da es kein französisches Wort für „gemütlich" gibt, so fehlt auch der Begriff – und es ist immer wieder merkwürdig, zu beobachten, wie sich um einen Tisch jene undefinierbare Atmosphäre herstellt, „où on s'installe", jeder Tisch eine kleine Heimat. „Réveillon" ist eine Sache, die ganz Paris für ein paar Stunden verändert – am 1. Januar sinkt es wieder in seine Gewohnheiten zurück; in die bewegte Stille seiner Quartiers, die kleine abgeteilte Städte sind – alles wird wieder so, als wäre nichts gewesen.

Doch, etwas war. Im ganzen Monat Dezember klingelt ein Mann nach dem anderen an der Wohnungstür, Köpfe von Frauen tauchen auf, Leute, die man das ganze Jahr über nicht zu Gesicht bekommt, sind plötzlich da. Sie bitten um die „étrennes", um das Weihnachtsgeld, um das Neujahrsgeld, wie man will. Der Briefträger. Die Zeitungsfrau. Die Bäckerjungen. Der Mann von der Müllabfuhr. Der Telegrafenbote. Der Drucksachen-Briefträger. Der eingeschriebene Briefträger. Der Postminister war merkwürdigerweise nicht da ... Wohl aber: Seine Majestät, der Herr Hausmeister. Der Concierge. Frankreich ist ein freies

Land, sagen die Leute. Das mag, für viele Gebiete, richtig sein. Dass sich aber eine Stadt wie Paris Tyrannei dieser Hausmeister gefallen lässt, ist etwas, das ich – auch nach jahrelangem Aufenthalt in dieser schönen Stadt - niemals begriffen habe. Er bittet nicht um die „étrennes" – er verlangt sie, traulich, auf die unsichtbare Pistole gelehnt, die jeder Mieter kennt. Denn jeder Pariser Hausmeister ist ein Beobachter deines privaten Lebens. Er weiß alles. Durch ihn gehen alle Briefe. Er fängt deine Besuche ab. Er kann dich so maßlos schikanieren, dass es besser ist, du ziehst aus, als einen vergeblichen Krieg zu führen, den du unweigerlich verlierst. Und von seinen Beziehungen zur Polizei will ich gar nicht sprechen. Doch, ich will davon sprechen. Eine mir befreundete Engländerin fand in ihrem „dossier", in ihrem Aktenstück, das über alle Fremden und über alle wichtigen Franzosen auf der Polizei geführt wird, diese kleine Eintragung: „Empfängt viele Leute von Welt, schläft aber nur mit einem dekorierten Herrn ..." folgte der Name. Für jeden Kenner war klar, woher diese Angabe stammte. Vom Hausmeister. Aus Glas sind deine Wände, dein Privatleben ist keines, er bringt es an den Tag. Hüte dich! Und gib ihm – und vor allem ihr – reichlich zu Weihnachten, zu Silvester und zu Neujahr. Es ist dein Vorteil; man kann nie wissen; hörst du die Butter auf deinem Kopf schmelzen?

Um all das kümmert sich die französische Provinz so gar nicht – wie ja überhaupt die französische Provinz von Paris himmelweit verschieden ist. Einer der bedeutendsten französischen Literaturkritiker, Thibaudet, hat neulich einmal gesagt: „In Paris wird das Geld ausgegeben. In der Provinz wird es verdient." Ah, es wird nicht nur verdient: es wird Billet auf Billet gelegt, Geiz ist das Nationallaster, und hier sehen die etwas schenken. Sie tun es übrigens nicht.

Nun kommt Weihnachten; mit einer kühnen Sprachwendung sagt man: „Nous allons réveilloner!", und wer klug ist, kocht sich seins zu Hause. Wir wollen einen mildspritzigen Vouvray trinken, einen Wein, den sie nicht exportieren, und in dem ganz Frankreich ist: milde Süße, Sonne und die Ausgeglichenheit einer fröhlichen Welt.

Kurt Tucholsky

Einsiedlers Heiliger Abend

Ich hab' in den Weihnachtstagen –
Ich weiß auch, warum –
Mir selbst einen Christbaum geschlagen,
Der ist ganz verkrüppelt und krumm.

Ich bohrte ein Loch in die Diele
Und steckte ihn da hinein
Und stellte rings um ihn viele
Flaschen Burgunderwein.

Und zierte, um Baumschmuck und Lichter
Zu sparen, ihn abends noch spät
Mit Löffeln, Gabeln und Trichter
Und anderem blanken Gerät.

Ich kochte zur heiligen Stunde
Mir Erbsensuppe mit Speck
Und gab meinem fröhlichen Hunde
Gulasch und litt seinen Dreck.

Und sang aus burgundernder Kehle
Das Pfannenflickerlied.
Und pries mit bewundernder Seele
Alles das, was ich mied.

Es glimmte petroleumbetrunken
Später der Lampendocht.
Ich saß in Gedanken versunken.
Da hat's an die Türe gepocht,

Und pochte wieder und wieder.
Es konnte das Christkind sein.
Und klang's nicht wie Weihnachtslieder?
Ich aber rief nicht: „Herein!"

Ich zog mich aus und ging leise
Zu Bett, ohne Angst, ohne Spott,
Und dankte auf krumme Weise
Lallend dem lieben Gott.

Joachim Ringelnatz

Glühwein

ZUTATEN:

1 Liter Rotwein
¾ Liter Wasser
¼ Liter Rum
½ Liter Orangensaft (frisch gepresst)
200 g Dörrpflaumen
2 Zitronen
250 g Zucker
2 Stangen Zimt
2 Beutel schwarzer Tee
5 Gewürznelken

ZUBEREITUNG:

1. Wasser und Dörrpflaumen kurz aufkochen, die Teebeutel hineingeben und 5 Minuten ziehen lassen.

2. Teebeutel entfernen und alle Flüssigkeit mixen. Die Zimtstangen und Nelken (in einem Teeei) dazu geben. Restliche Zutaten ebenfalls dazu geben.

3. Nicht mehr aufkochen, sondern nur mehr auf kleiner Hitze wärmen.

Die Bescherung

Liebe Gunda!

Das kannst Du denken, dass Deine Kiste mit großer Gewissenhaftigkeit uneröffnet blieb bis zum Augenblick der Bescherung. Jede genießbare Delikatesse wurde mit lautem Jubel empfangen, wir wollten recht ein festlich Mahl halten und machten den Beding, dass gar nichts solle verspart werden. Wie kam's nun, dass wir mit einmal allesamt darauf vergaßen und keiner mehr Appetit darauf hatte, sondern in dem plötzlich alle Grenzen übersteigenden Jubel sich einer um den andren drehte, Prügel austeilte, die ebenso begeistert empfangen als gegeben wurden? Luftsprünge, die nur mit größter Energie auszuführen, gelangen allen drei Mädchen, als hätten sie lernen auf dem Seil zu tanzen, und Friedmund mischte sich dazwischen mit kühnen Fechterpositionen, indem er seine Oberkleider von sich warf und mit beiden Armen weit ausgriff; sang dazu: „Seid umschlungen, Millionen!" Da-

zwischen tanzten sie wieder, schrien, jauchzten, tobten, dass die Wände zitterten, umarmten sich und prügelten wieder drauflos. Ich hab auch eine Menge Prügel erhalten, und endlich freuten sie sich noch mehr, dass jeder seine Prügel fühle. Gisel behauptete, sie müsse braun und blau sein, die andern ließen sich aber auch ihre Prügel nicht verringern, kurz, jeder war zufrieden mit dem, was er erhalten habe; jeder war überzeugt, er habe das meiste von dieser allgemeinen Prügelausteilung. Kann eine Bescherung glücklicher vonstattengehen? Ja, sie riefen: Nie haben wir ein so schönes Weihnachtsfest erlebt! Ausgeteilt wurde alles von Kuchen an das Hofgesinde; denn wir hatten keinen Appetit mehr, aller Geschmack war uns vergangen, aber Klopfen, Jauchzen, auf den Tisch pauken nahm kein Ende ...
Deine in der Empfindung ihres Glückes Dich doppelt liebende Schwester Bettine.
Am Weihnachtsfest 1846
Ich grüße Euch alle herzlich.
Schwester Bettine

Bettina von Arnim

Grüße auf der Platte

Arthur und Püppchen, seine Gattin, standen im Kaufhaus. Sie hatten soeben für Arthurs Vater einen Strohhut gekauft, denn Strohhüte sind im Dezember besonders preiswert, und Püppchen machte auf dem Zettel, den sie in der Hand hielt, einen Strich. Wieder etwas erledigt! Der Gatte Arthur war mit Paketen behangen und schien schlechter Laune. „Nun nur noch ein Geschenk für Tante Olga, das ist notwendig", sagte Püppchen und musterte die Ladentische aufmerksam. Tanten, die alt und wohlhabend sind, verdienen Aufmerksamkeit. „Wir könnten ihr eigentlich auch einen Strohhut schenken", meinte Arthur. Sie schüttelte den Kopf.
„Oder einen Ankersteinbaukasten."

„Verrückt", sagte Püppchen und suchte energisch weiter.
„Was hältst du von einem vergoldeten Rasierapparat?", fragte er.
„Für Tante Olga?"
Arthur wagte nicht zu nicken, sondern schleppte sich und die Pakete stumm voran. „Halt!", rief er plötzlich und zeigte auf ein Schild. Seine Frau studierte, was darauf stand, und sagte: „Gar nicht übel." Dann klopften sie, wie das Schild es befahl, an die nächste Tür. Ein Fräulein trat heraus: „Sie wünschen?"
„Wir möchten eine Grammophonplatte mit unserer eigenen Stimme haben", verlangte Püppchen.
„Für Tante Olga", erläuterte Arthur.
„Ich kann Ihnen so eine Platte als Geschenk nur empfehlen", sagte das Fräulein. „Treten Sie, bitte, näher. Eine mittelgroße Platte kann 2 ½ Minuten besprochen werden und ist 500- bis 600-mal spielbar. Hier sind zwei Mikrophone. Stellen Sie sich, bitte, nebeneinander, der Herr links, die Dame rechts. Kostet 3 Mark 50, zum Mitnehmen. Es geht gleich los."
„Aber was sollen wir denn sagen?", fragte Arthur verlegen.
„Viel Glück, Gesundheit, langes Leben, Sie könnten leider nicht bei ihr sein", schlug das Fräulein vor.

„Einen Vorzug hat diese Art, Glück zu wünschen, schon", sagte Püppchen. „Man braucht der alten Schraube dabei nicht ins Gesicht zu sehen."
„Aber es ist deine Tante, nicht meine", frohlockte Arthur.
Das Fräulein war im Nebenraum verschwunden. Das Ehepaar stand vor dem Mikrophon und wünschte der fernen Tante alles Gute.

Am Heiligen Abend erschien Tante Olga beim Bürgermeister Gruber. Man hieß sie willkommen. Der Salon war voller Menschen. Tante Olga begrüßte alle Anwesenden und sagte dann, auf ein Päckchen zeigend, das sie vorsichtig hielt: „Beste Frau Bürgermeister, Sie haben doch ein Grammophon, und ich habe keins. Meine Nichte aus Berlin hat mir eine Grammophonplatte geschickt. Die möchte ich gern mal hören. Meine Nichte und ihr Mann haben nämlich selber auf die Platte gesprochen, schreiben sie. Was es heute alles gibt. Eine Erfindung jagt die andere."
„Aber gern", sagte der Bürgermeister, holte das Grammophon heran und zog es auf. Tante Olga wickelte die Platte aus dem Papier, legte sie auf den Apparat und setzte sich, das Taschentuch im Hinterhalt, in einen Sessel. Al-

les hielt den Atem an. Der Bürgermeister schraubte eine neue Nadel ein, setzte sie auf die Platte, stellte den Apparat an und ging auf Zehenspitzen zum Sofa, zu Frau Doktor Riemer. Man saß im großen Kreis, rund um den Apparat. Die Nadel schnarrte. Und dann begann die Platte zu sprechen:

„Einen Vorzug hat diese Art, Glück zu wünschen, schon. Man braucht der alten Schraube dabei nicht ins Gesicht zu sehen ... kschschsch ... Aber es ist deine Tante, nicht meine ... ksch kchsch ... Na los, sag was Nettes ... tststs ... Was denn? Vielleicht, ob sie hundert Jahre alt werden will? Sitzt in der Provinz auf ihrem Geld, diese knausrige Person ... kschschsch ... Darf ich bitten, meine Herrschaften, möglichst langsam, laut und deutlich sprechen ... krrr ... Liebes Tantchen! Hier sind Püppchen und Arthur aus Berlin. Wir wünschen dir zum Weihnachtsfest alles Gute. Wir kämen gern mal zu dir hinüber. Na, vielleicht in den Ferien, wenn wir nach Binz fahren ... ksch kchsch ... Püppchen meinte vorhin, es sei ein wahrer Jammer, dass wir dich so lange nicht gesehen hätten ... ksss ... Treten Sie nicht so nahe ans Mikrophon, meine Herrschaften. Weiter weg, wenn ich bitten darf ... krrr ... Was macht die Gesundheit, Tantchen? Sei nur recht vorsichtig. Arthur meinte, wir sollten dir einen Baumkuchen schicken. Aber bei deiner Verdauung, und außerdem sind wir knapp mit dem Geld ... Pst, sind die zwei Minuten noch nicht bald 'rum? Was soll ich der Person denn noch sagen? ... kschschsch. Sie soll uns, ehe sie in ihrem Geld erstickt, mal einen Tausender schicken ... ksss ... Liebe Tante, hoffentlich verbringst du den Heiligen Abend im Kreise von lieben Bekannten. Es ist komisch, wenn man bedenkt, dass wir hier in ein Mikrophon reden, und ihr könnt es da hören. Die Platte ist fünf- bis sechshundertmal spielbar und kostet bloß ... kschschsch ... Pst! Nicht den Preis sagen. Das geht sie einen Dreck an ... kschschsch ... Hoffentlich hat sie das nicht gehört ... kschschsch ... Ach wo, was man leise spricht, kommt nicht auf Platte. Verflucht, ist die Zeit noch nicht bald 'rum? ... ksss ... Hat sie über-

haupt ein Grammophon? Nächste Weihnachten kommen wir bestimmt zu dir hinüber. Wir freuen uns jetzt schon darauf, dein liebes altes Gesicht endlich wieder einmal zu sehen ... ksss ... Lach nicht, Arthur ..."
Tante Olga, die bis dahin wie gelähmt dagesessen hatte, stand auf, riss die Platte vom Apparat herunter und warf sie wütend aufs Parkett. Bürgermeisters und die anderen Leute saßen bedrückt herum. Ein paar junge Leute kicherten. Frau Doktor Riemer wollte die arme Tante trösten.
„Lassen Sie mich in Ruhe!", schrie Tante Olga und suchte ihren Hut.
„Wo wollen Sie denn jetzt hin?", rief der Bürgermeister. „Bleiben Sie hier, was wollen Sie denn jetzt zu Hause?"
„Mein Testament umstoßen", erklärte die Tante und schmiss die Türen zu.

Erich Kästner

Das Weihnachtsfest des alten Schauspielers Nesselgrün

Am 21. August 1910 wurde der bejahrte Schauspieler Giselher Nesselgrün so sentimental, wie er es sonst nur Weihnachten war, und mit einer von der Theatromanie begünstigten Einbildungskraft versetzte er sich in eine so festliche Stimmung, dass er beim Gärtner ein Tannenbäumchen erstand und alles irgend Nötige zur Ausschmückung und gehörigen Bescherung einkaufte. „Das ist doch geradezu lächerlich", knurrte er, „die Feste zu feiern, wie sie fallen! Die Natur ist nur eine Art unbequemes Theater mit unübersehbarer Regie – ach! und mit lumpiger Gage. Corrigeons la nature!" Gegen Abend entzündete Nesselgrün die ganze Pracht, sein Phonograph ließ einen herrlichen Choral ertönen. Der alte Herr schellte, seine Wirtin kam und geriet über das Ungewöhnliche in einige Besorgnis. „Ihre Kinderchen, bitte!" rief der alte Herr. „Ja, aber Herr Nesselgrün, mit Weihnachten hat es doch noch Zeit – fühlen Sie sich wohl?" – „Ich danke, Frau Julke; also bitte, die Kinder!" Die Kinder erschienen, von Frau Julke ängstlich behütet, zwei Buben, ein noch ganz kleines Mädchen. Sie brachen in ein grässliches Halloh aus, als im Moment ein kleines Tischfeuerwerk losprasselte und abbrannte. Frau Julke seufzte und fuhr mit der Hand nach dem Herzen. Dann sagte sie: „Mir freut es gewiss, Herr Nesselgrün, wenn Sie meine Kinders so 'ne Überraschung machen – das muss ich Sie aber doch sagen: so alt als wie ich geworden bin" –

„Julke!" unterbrach sie der alte Herr streng, „Sie verstehen nichts von Regie, und Ihr Kaffee schmeckt wie Langeweile mit Ekel drin – jehn Sie hinter die Kulisse, das rate ich Ihnen!" Die Kinder weinten, Frau Julke riss sie aus dem Zimmer und schlug die Tür hinter sich zu. „Eine schlimme Weihnacht", brummte Giselher. Er sah aus dem Fenster, weil es ihm unten nicht geheuer schien. Eine Menge Menschen starrten zu ihm hinauf, unter ihnen stand Frau Julke, gestikulierte stark und hielt eine Rede. Die Leute lachten und johlten. Giselher stellte den

Phonographen ins Fenster. „Stille Nacht, heilige Nacht" ertönte es in den Lärm hinein. Die Leute führten jetzt vor Vergnügen wahre Veitstänze auf. Nesselgrün wurde wütend: „Das Spiel ist vortrefflich", schrie er hinunter, „die Regie bewährt sich vollkommen. Dass das Publikum aus der Rolle fällt und den dürftigen prosaischen Umstand, dass heute außerhalb unseres Spiels Ende August ist, nicht vergisst" – mit eins entstand unten tiefe Stille, alles hielt den Atem an, unwillkürlich gefesselt – „dass das Publikum", fuhr Nesselgrün ingrimmig fort, „nicht so viel Illusionskraft hat, sich im Sommer den Winter vorzustellen, kommt mir bedenklich vor. Es ist ein Mangel an künstlerischer Kraft. Müsst ihr immer erst ins Theater gehen, Leute, oder auf Traum und Fastnacht, auf Rausch und Irrsinn warten, ehe ihr so kühn werdet, die Natur zu dirigieren? Ist nicht Weihnachten ein so schönes, erquickliches Fest, dass man es mindestens einmal in jedem Monat feiern sollte? Glaubt mir altem, ausgedienten Manne!" Damit schleuderte er Konfetti und künstlichen Schnee auf die Straße, und in einem Nu steckte er das kindliche Volk mit seiner Begeisterung an. Die allezeit zu Scherz, Fest und Freude aufgelegte Jugend riss die Eltern mit sich fort. Alle Gärtnerläden wurden geplündert. Bald flammten Lichtbäume an allen Fenstern; man sang heilige Lieder. Der kleine Ort war die ganze Nacht hindurch voller Fröhlichkeit. „Es ist der schönste Erfolg, den jemals ein Schauspieler errungen hat!" seufzte Nesselgrün. „Da leben sie nun, ganz in meine Illusion gehüllt. Ach! aber wer andere hineinversetzen will, darf selber nicht darin sein." Er zog seinen Schlafrock eng um seine alten Glieder. „Frau Julke!" brüllte er. Die Frau steckte ihre Nase durch die Tür. „Welches Datum haben wir heute?" – „Außerhalb oder sonstwo?", replizierte die Julke. Nesselgrün lachte: „Sehen Sie, Frau Julke", belehrte er sie, „dem Theater gegenüber muss man vorsichtig sein. Wäre die Regie noch besser gewesen, dann hätte es heute auch außerhalb geschneit." „Oh, du mein Gott", jammerte die Julke, „Sie machen alle Welt verrückt. Einen vons Theater nehme ich nie wieder!"

Mynona

Epiphanias

Die heil'gen drei König' mit ihrem Stern,
Sie essen, sie trinken, und bezahlen nicht gern;
Sie essen gern, sie trinken gern,
Sie essen, trinken, und bezahlen nicht gern.

Die heil'gen drei König' sind kommen allhier,
Es sind ihrer drei und sind nicht ihrer vier;
Und wenn zu dreien der vierte wär',
So wär' ein heil'ger drei König mehr.

Ich erster bin der weiß' und auch der schön',
Bei Tage solltet ihr erst mich sehn!
Doch ach, mit allen Spezerein
Werd' ich sein Tag kein Mädchen mir erfrein.

Ich aber bin der braun' und bin der lang',
Bekannt bei Weibern wohl und bei Gesang.
Ich bringe Gold statt Spezerein,
Da werd' ich überall willkommen sein.

Ich endlich bin der schwarz' und bin der klein'
Und mag auch wohl einmal recht lustig sein.
Ich esse gern, ich trinke gern,
Ich esse, trinke und bedanke mich gern.

Die heil'gen drei König' sind wohlgesinnt,
Sie suchen die Mutter und das Kind;
Der Joseph fromm sitzt auch dabei,
Der Ochs und Esel liegen auf der Streu.

Wir bringen Myrrhen, wir bringen Gold,
Dem Weihrauch sind die Damen hold;
Und haben wir Wein von gutem Gewächs,
So trinken wir drei so gut als ihrer sechs.

Da wir nun hier schöne Herrn und Fraun.
Aber keine Ochsen und Esel schaun,
So sind wir nicht am rechten Ort
Und ziehen unseres Weges weiter fort.

Johann Wolfgang von Goethe

Textnachweis

Michael Fenske, Dentistenglück, aus: Michael Fenske, Weihliche Fröhnachten. Verlag Herder, Freiburg 2016

Erich Kästner: Grüße auf der Platte, aus: Erich Kästner, Interview mit dem Weihnachtsmann. Atrium Verlag, Zürich 2018. © Thomas Kästner

© Verlag Herder GmbH, Freiburg im Breisgau 2020
Alle Rechte vorbehalten
www.herder.de

Umschlagkonzeption: Verlag Herder
Umschlagmotiv: Qvasimodo/iStock/getty images
Illustrationen im Innenteil: Vect0r0vich © iStock/Getty Images
Satz: Arnold & Domnick, Leipzig

Herstellung: GGP Media GmbH, Pößneck
Printed in Germany

ISBN 978-3-451-39529-1